LES ACTEVRS.

MANILIE, General d'armée.

CASSIE, son Lieutenant.

CLEODORE, Amy de Cassie.

CRISANTE, Reyne de Corinthe.

ANTIOCHE, Roy de Corinthe.

MARCIE,
ORANTE, } Damoiselles de Crisante.

CRATES, Gentil-homme d'Antioche.

EVPHORBE, Gentil-homme d'Antioche.

LES GARDES.

DEVX CHEFS DE GVERRE.

CRISANTE
TRAGEDIE.

ACTE I.
SCENE PREMIERE.

MANILIE, gens d'Armes, CASSIE, son Lieutenant,
1. Chef de guerre, 2. Chef de guerre,
CLEODORE, amy de Cassie.

MANILIE.

ENfin l' Aigle assisté de vos ieunes cou-
rages
Chés les peuples mutins a trouvé des
passages,
Et la rebellion étouffée en ses forts,
Ne peut plus resister à vos moindres efforts ;
La flame qu'elle allume aussi-tost la consomme,
Tout succede à nos vœux, & Rome est toûjours rome

A

Sa puissance est fatale à toute autre grandeur,
Nos exploits chaque iour accroissent sa splendeur,
Et le plus fier orgueil de la terre, & de l'onde,
Contemple auec respect cette Reine du monde;
Tout conspire à seruir ses desseins glorieux,
Les Dieux semblent plutost ses captifs que ses
        Dieux,
Et les soins éternels qu'ils ont de sa deffence,
Bornent tous leurs soucis, & toute leur puissance;
Nous, qui sommes esleus pour affermir ses loix,
Et qu' Auguste a iugés dignes de ces emplois,
Signalons en ces lieux nostre adresse ordinaire,
Paroissons dignes fils d'vne si digne mere,
Que tout le monde tremble au bruit de nos exploits,
Et marchons triomphants sur les testes des Rois.

CASSIE.

La superbe Chorynthe éprouue à son dommage,
Qu'à tort on nous refuse vn general hommage,
Que nous tenons vn droit fatal aux factieux,
Et qu'irriter Cæsar, c'est irriter les cieux.

1. Chef de guerre.

Quel fut nostre courage, & quelle autre victoire
A iamais à l'Empire apporté plus de gloire?
Au milieu des dangers, nos gens comme Lions,
Ont battu les autheurs de ces rebellions,

Tout trembloit ſous leurs pas, ces demons de la
    guerre,
De riuieres de ſang ont arrouſé la terre,
Comme foudres, nos bras tomboient ſur les vaincus
Et fendoient à la fois les corps, & les écus;
Leurs mains quand nous frappions eſtoient à peines
    preſtes,
Des orages de traits deſcendoient ſur leurs teſtes,
Ils tomboient peſle meſle, eſtouffés ſous nos pas,
Et pour vn de nos gens, cent ne ſuffiſoient pas.

MANILIE.

Anthioche, s'eſt fait par vne heureuſe fuite
Exempt de voir l'état ou ſa ville eſt reduitte,
Vn Prince aymé des ſiens, ſans de viues douleurs
Ne peut voir ſur leur chef tomber tant de malheurs;
Sa fuitte l'a ſouſtrait au pouuoir de nos armes,
Mais quelle eſt la triſteſſe, & quelles ſont ſes larmes;
Combien éprouue t'il les aſtres inhumains,
Par ſa chaſte moitié tombée entre nos mains,
Il eſt vray que iamais les ſoings de la nature
N'ont formé de beauté ſi charmante, & ſi pure,
Ses yeux, ces feux d'amour, ces deux foudres des
    cœurs,
Lors qu'on triomphoit deux, triomphoient des
    vaincueurs,
Criſante en ſe rendant nous força de nous rendre,

CRISANTE,

Et ce ne luy fut qu'vn, qu'estre prise, & que prendre
Empeschons toutesfois, que son honnesteté,
Ne reçoiue entre nous aucune indignité;
C'est peu que de paroistre en vn danger extréme,
Qu'attaquer vn pays, qu'affronter la mort mesme,
Ces exploits sont communs aux autres nations,
Mais Rome seulement dompte les passions,
Et quelqu'autre dessein que sa grandeur respire,
Elle sçait sur soy-mesme étendre son Empire,
Sa force est absoluë, & charme, ny beauté,
Ne la peut diuertir de sa seuerité.

2. Chef de guerre.

Quelle assés offencée, & brutale licence
S'ozeroit declarer contre son innocence?
Sa douce grauité s'oppose à ses attraits,
Et les vns nous frappants, l'autre émousse leurs
    traits.

MANILIE, à CASSIE.

Toy qui l'as (cher Cassie) en ta garde commise,
(Attendant la rançon qui luy rend sa franchise,)
Fay qu'on ne ioigne point l'insolence au bon-heur,
Et de tous accidens preserue son honneur.

CASSIE.

Sa prison est pour elle vn salutaire azile,

Qui rendroit le deffein d'vn Dieu mefme inutile,
Et mon foing diligent luy fait des murs d'airain
Contre qui tout efpoir, & tout effort eft vain.

M. ANILIE.

Vn voyage à Tegée, où ma charge m'appelle,
Me fait laiffer l'armée en ta garde fidelle,
Fay rafraifchir nos gens, en cet heureux feiour,
Ie parts auec efpoir de preffer mon retour,
Et de faire aux defpends du refte de la Grece
A nos bras indomptés exercer leur adreffe;

Il s'en va.

Tous le fuiuent, excepté Caffie, & Cleodore fon
amy, qui luy font vne profonde reuerence.

CASSIE.

Fauorable départ ! douce commiffion !
Qui laiffe vn libre cœur à mon affection,
Quelque étroite vertu dont s'arme cette belle;
Qui pourroit afferuir le cœur le plus rebelle,
Si prieres, ny vœux ne peuuent l'émouuoir,
Ie puis vfer des droits d'vn fouuerain pouuoir,
I'ayme auec trop d'ardeur cet illuftre captiue,
Ma flame eftant fi forte eft trop long-temps oifiue.

CLEODORE.

Eteignés s'il ce peut ce brafier mal-heureux,

A iij

Et n'entretenés point d'espoir si dangereux,
Dompter ses passions est vne extréme gloire,
Qui resiste d'abord, emporte la victoire;
L'amour qu'on ne sçait pas étouffer en naissant,
De foible deuient tost vn ennemy puissant,
De qui l'a caressé la ruine est certaine,
Et qui reçoit vn ioug le quitte auecques peine.

CASSIE.

S'il est doux il nous plaist :

CLEODORE.

Mais s'il nous est fatal ?

CASSIE.

C'est aux plus circonspects que tout succede mal.

CLEODORE.

La raison à ce conte exerce vn vain vsage,

CASSIE.

Elle execute mal, sans vn peu de courage.

CLEODORE.

Des malheurs euidents par elle sont bannis,

CASSIE.

Elle nous oſte auſſi des plaiſirs infinis.
La prudence ſouuent fait moins que la fortune,
Elle ſert quelquefois, mais touſiours importune
De glorieux deſſeins vn peu precipités,
Souuent ſuccedent mieux à qui a les tentés.

CLEODORE.

Mais lors que nous tramons noſtre perte viſible,
Il faut pour nous dompter eſſayer le poſſible.

CASSIE.

Qui ſçait bien ſe reſoudre à tous euenements,
Ne trouue point d'obſtacle à ſes contentements ;
I'honore la vertu, mais la beauté m'attire,
Ie cognois le meilleur, mais ie choiſis le pire,
Et porté que ie ſuis d'vne aueugle fureur,
Ie deteſte, condamne, & connets mon erreur ;
Ie combats ſans effet vne ardeur de la ſorte,
Ma raiſon me conuainc, mais ma fureur m'emporte
Et ie reſiſte en vain à ce Dieu triomphant,
A qui vous ne donnés que le tiltre d'enfant.

CLEODORE.

Nos cœurs, portés d'inſtinc à ces ſalles delices,
Se font vn Dieu, d'Amour, pour excuſer leurs vices,

Ils ont donné des arcs, des flammes, & des traits,
A celuy qui n'en porte, & qui ne fut iamais;
Entre les passions que produit la nature,
Pour se former des Dieux, en prend la plus impure,
Vne impudique ardeur, vne brutalité
Est cet Amour, qu'on nomme vne diuinité.

CASSIE.

Qu'il soit moins qu'vn mortel, qu'il soit vne chy-
   mere,
Que se forge l'Esprit pour se laisser défaire,
Ie ressents toutefois vn pouuoir souuerain
Contre qui ma raison veut s'opposer en vain,
Crisante est cet amour, ses regards sont la flame
Et ses yeux sont les arcs qui portent iusqu'a l'ame,
Souffre que toute crainte, & tous respects bannis,
Ie possede vne fois ses charmes infinis.

CLEODORE.

Quoy, tout respect est vain, & la gloire de Rome
Perdra ce grand éclat pour l'interest d'vn homme,
Quoy, vous relacherés par de folles amours,
Cette seuerité qu'elle obserua tousiours;
Depuis qu'on voit durer ce glorieux Empire,
Depuis que dessous nous tous l'Vniuers respire;
Parquoy presumés vous que fleurissent nos loix?
Et qui rend les Romains, maistres de tant de Rois?

Le

Le ciel qui sur leur chef fait tomber ses tempestes,
Par obligation épargne t'il nos testes?
Non, non, Rome sur soy peut attirer son bras,
La vertu seulement est l'appuy des états;
Nos deuoirs, nos respects, & nostre reuerence,
Des autres, & de nous forment la difference,
Leurs crimes seulement affligent leurs maisons,
Et nous sommes heureux, côme nous sommes bons.

CASSIE.

Ha! qu'inutilement vn esprit s'éuertuë,
D'exciter la vertu quand elle est abatuë;
Tu vis naistre ma flame, & tu deuois alors
Contre ce doux tourment employer tes efforts;
Mais de guerir vn mal quand il est si sensible,
Cet effet Cleodore excede ton possible.

CLEODORE.

Adieu, tenant de moy cet aduertissement
Vous ne perirés plus par vostre aueuglement;
Songés quelle est Crisante, & que le ciel est iuste,
Songés que vous viués sous le regne d'Auguste,
Et que ce qui soustient ses honneurs infinis,
C'est qu'il ne laisse point de crimes impunis.

Il s'en va.

CASSIE, seul.

Qu'aucune cruauté négale mon supplice,

B

Que i'offence l'état, & que Rome perisse;
Ie suiuray mon dessein, Crisante a des attraits
Plus forts que tous respects, & que tous interests;
Sa beauté couurira quelque tort qu'on m'impute,
Et tomber de son sein est vne belle cheute.

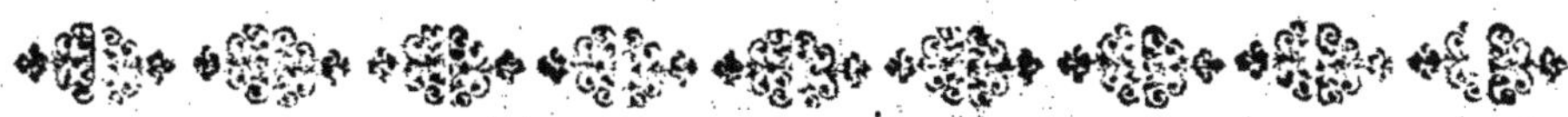

SCENE II.

CRISANTE, ORANTE, MARCIE,
ses Damoiselles.

CRISANTE.

O Vous, qui vous flattés de tant de vanité;
Vous qui croyes qu'vn trône ayt de la fermeté
Et qui trop insolents deffiés la fortune,
Quand rien ne vous afflige, & ne vous importu-
ne,
Voyés en quel état elle nous a reduits,
Sçachant ce que ie fus, voyés ce que ie suis;
Ces murs que le porphyre, & le marbre decore,
Tous noirs, demeurent nuds du bois qui fume encore,
Ce reste est le debris du superbe Palais.
Où regna si long-temps, la iustice, & la paix;
Et ce qui fut Chorinthe auant cette disgrace,
N'en garde que le nom, & n'est plus que sa place;

Sa fumée a caché le ciel à nos regards,
Elle fut vn bucher, ardent de toutes parts;
Et demeure à nos yeux si nuë, & si deserte
Que mesme le vaincueur en deplore la perte;
Il nous plaint au moment qu'il cause nos mal-
    heurs,
Et ioint en nous perdant, ses larmes à nos pleurs.

MARCIE.

Ne vous consommés point d'vne inutile plainte,
Et forcés la douleur dont voſtre ame eſt atteinte,
Par vn iniuſte effort vos biens vous ſont oſtés,
Et vous perdés honneurs, & biens, & dignités:
Mais voſtre perte encor peut eſtre plus extréme,
Vous perdriés dauãtage en vous perdãt vous meſme,
Le ciel peut rendre tout, comme il peut tout oſter,
Et comme il vous afflige, il vous peut aſſiſter;
Souffrés auec reſpect les maux qu'il vous ordonne,
Voyés ſans murmurer tomber voſtre couronne,
Quand les Dieux ont deſſein d'obliger la vertu,
Ils releuent bien-toſt ce qu'ils ont abatu,
Anthioche auiourd'huy porte encor ce front meſme,
Qui ces luſtres paſſés fut ceint d'vn diadeſme;
La main qui l'en ceignit, & qui le couronna,
Peut luy donner encor ce qu'elle luy donna;
Il poſſeda iadis, maintenant il eſpere,
Conſerués luy Criſante, & ſa perte eſt legere.

C R I S A N T E.

Ha! que ie crains (Marcie) (& non fans fonde-
   ment,
Du feruage ou ie fuis, vn trifte euenement!
C'eft peu qu'en vne nuict voir fa ville deferte,
Il n'a fait en fes biens qu'vne inutile perte;
De pires accidents luy peuuent arriuer,
Vn bien luy refte en moy douteux à conferuer;
Ces vaincueurs infolents, à leur brutale enuie,
Peut-eftre immoleront mon honneur & ma vie,
Et ioignant ce malheur à ces autres malheurs,
Fourniront bien helas de matiere à fes pleurs.

M A R C I E.

Le ciel quoy qu'irrité iamais ne nous delaiffe,
Ses foings diffiperont ce friuole foupçon,
Et voftre liberté n'attend que fa rançon.

C R I S A N T E.

Plaife à nos Dieux helas! que ma crainte foit vaine,
Et que nos maux paffés ayent affouuy leur hayne.
Mais de fortes raifons m'obligent de douter,
D'vn effort, que Caffie à deffein de tenter;
Il prepare ma perte, alors qu'il me refpecte,
Des vaincueurs aux vaincus la faueur eft fufpecte,
Il cherche à m'obliger, me plaire, m'obeïr,

Et l'ennemy courtois, à deſſein de trahir;
De pitié quelquefois il couure ſa pourſuite,
Il plaint, dit-il, l'état ou le ſort m'a reduite,
Et ſe tient mal-heureux, que contre nous, ſa main
Ait ſeruy la fureur de l'Empire Romain;
Mais ſous tant de douceur l'embuche eſt trop viſible,
Il me plaint, & m'appreſte vn mal-heur plus ſenſi-
    ble,
Il me reſte vn ſeul bien, dont il veut triompher,
Et le traiſtre me baiſe, afin de m'étouffer.

ORANTE.

Si de ſon naturel i'ay quelque cognoiſſance,
Caſſie eſt obligeant, & courtois de naiſſance;
Ie croy qu'il n'eſt d'humeur, ny d'inclination
A commettre (Madame) vne lâche action.

CRISANTE.

De telles lâchetés vn inſolent fait gloire,
Ma honte luy ſeroit vne heureuſe victoire,
Et pouuoir aſſouuir vn deſſein vitieux,
Eſt à ces ieunes cœurs vn exploit glorieux;
Me preſerue le ciel de pareille aduenture,
Et plutoſt ſa pitié creuſe ma ſepulture;
Plutoſt faſſe ma main vn genereux effort
Mais il vient, & ie tremble à ce courtois abord.

SCENE III.

CASSIE, CRISANTE, MARCIE, ORANTE.

CASSIE.

Vous portés auec peine vn si triste seruage,
Ou ie sçay mal iuger du cœur par le visage;
Madame, plût au ciel qu'il fust en mon pouuoir,
De le faire cesser, sans trahir mon deuoir,
Peussay-ie sous vos loix voir l'empire du monde,
Et vostre authorité n'auoir point de seconde;
Les Dieux deuoient ce rang à vos rares beautés,
Et vous auroient donné ce que vous merités.

CRISANTE.

Le déplorable état où ie me voy reduite,
Est ce qu'ils ont iugé digne de mon merite;
Ie ne me flatte point de sentimens si faux,
Et conseruant le iour, i'ay plus que ie ne vaux.

CASSIE.

Ils vous ostent beaucoup, mais leur puissance est
    vaine,
A vous rauir au moins la qualité de Reine,

Vous regnés sur les cœurs, si ce n'est sur les corps,
Vous oster cet empire excede leurs efforts :
Mais cette verité desia vous importune !

CRISANTE.

Monsieur, cet entretien messied à ma fortune,
Mespriser toute chose, & penser à la mort,
Est l'occupation, où m'oblige mon sort.

CASSIE.

Ie plains vostre mal-heur, le ciel vous est contraire
Mais il vous laisse encor dequoy vous satisfaire;
Et vous faisant esclaue, il ne vous rauit pas,
Le pouuoir de regner, par ces charmans appas,
Tout nos gens esblouys, lors que vous fustes prise,
Mesme en vous captiuant, perdirent leur franchise,
Vostre captiuité vous fist des seruiteurs,
Nous fusmes vos vaincus, & vos adorateurs;
Et l'on pouuoit douter quelle estoit la conqueste,
Au point que dessus vous tomba nostre tempeste.

CRISANTE.

La fortune prospere, ayme ces entretiens :
Mais ils sont ennuyeux auecques des liens,
Et dans l'ennuy cuisant dont ie me sents atteinte,
Ma bouche doit s'ouurir seulement à la plainte.

CASSIE.

Monstrés voſtre courage, en cette aduerſité
Et qu'il ſoit infiny, comme voſtre beauté ;
Qui voit ſans vanité la fortune proſpere,
La voit ſans deſeſpoir alors qu'elle eſt contraire,
Rendés à ce beau teint ſes plus viues couleurs,
Ces yeux ne ſont pas faits pour répandre des pleurs,
Reduire tous nos cœurs en vn commun ſeruage,
Nous rire, & nous charmer, eſt bien mieux leur
　　vſage.

CRISANTE.

Dieux ! vn ſoudain glaçon par mes veines s'étend,
Et ma raiſon ſe trouble aux diſcours qu'elle entend ;
I'ay veu ſans m'effrayer Chorynte abandonnée,
Les armes & le bruit ne m'ont point eſtonnée,
I'ay veu ſans m'alterer tomber ces baſtimens,
I'ay marché ſans frayeur dans leurs embrazémens ;
Et ce ſimple diſcours m'esbranle dauantage,
Que feux, qu'armes, que cris, qu'horreur, & que
　　carnage,
I'ay mal veu mon ſeruage, & ſenty mes ennuys,
Ie commence à cognoiſtre en quel état ie ſuis,
Il me ſouuient des biens dont mon mal-heur me pri-
　　ué,
Ie ſents ma ſeruitude, on me traite en captiue,

Ouurés

Ouurés moy les prisons, chargés ce corps de fers,
Que ie perde la vie, apres ce que ie perds,
Que tarde mon trépas ! car débranler mon ame,
Et me faire assouuir vostre brutale flame,
Plutost ce feu brillant qui nous donne le iour,
Restera sans lumiere, & cessera son tour.

CASSIE.

Cette mauuaise humeur vous est elle ordinaire !
Vous vous forgés vn monstre afin de le defaire;
Depuis vostre seruage ay-ie rien attenté,
Dont se put offencer la mesme honnesteté ?

CRISANTE.

Cette courtoise humeur, ne tend qu'a me surprendre
Les yeux parlent assés a qui sçait bien entendre,
Ces entretiens d'amour, de charmes, & d'apas,
En l'état où ie suis ne me conuiennent pas,
Laissés vn libre cours à l'ennuy qui me presse
Vainceur cherchés la ioye, & fuyés la tristesse,
Mon sort sans l'exciter est assés rigoureux,
Laissés la solitude au moins malheureux,

Elle s'en va auec ses Damoiselles.

CASSIE.

Nurritons pas encor cette bouïllante rage,
Puisque froid, obligeant, & courtois ie l'outrage;
Mes desseins, au besoing, prendront vn autre cours
Et feront succeder les effets aux discours.

C

ACTE II.

SCENE PREMIERE

ANTIOCHE, Roy du Peloponese,
CRATES, EVPHORBE, ses fauoris.

ANTHIOCHE.

Eureux qui satisfait d'vne basse fortune,
Trouue la vanité des grandeurs impor-
    tune,
Qui sçait à son besoing mesurer ses desirs,
Et gouster du repos les solides plaisirs;
Il vit tousiours égal, l'inconstante Deesse
Ne l'éleue iamais, & iamais ne l'abbaisse,
S'il tombe, c'est de bas, sa cheute n'est qu'vn saut,
Mais la cheute est sensible à qui tombe de haut;
Le sort, cet inconstant, de qui l'aueugle Empire,
Souuent de deux partis fauorise le pire,
Etablit de Cesar les tyranniques loix,
Sur cette nation vefue de tant de Rois;

Tout succede à ses vœux, ses gens comme tonnerres,
Renuersent nos cités, & rauagent nos terres,
Toute la Grece aueu leurs exploits triomphants,
Elle est teinte par tout du sang de ses enfants,
Et ne leur opposant qu'vn effort inutile,
Deuient honteusement l'esclaue d'vne ville,
Tant de peuples diuers ne sont plus diuisés,
Ils ont dessus leurs pas tant de sceptres brisés,
Que tout flechit par tout ou leur orgueil les meine,
Et que toute la terre vn iour sera Romaine.

CRATES.

Sire en vostre malheur le ciel punit nos crimes,
Il n'a pas soustenu nos armes legitimes,
Il a pour nostre perte assisté des tyrans,
Et d'vn bras martial vuidés nos differens :
Mais il se calme enfin, & tel qu'vn sage pere
Il rend ce qu'il a pris, lors que moins on l'espere,
Il oste aux insolents ce qu'il leur a donné,
Et nous paroist serain, apres qu'il a tonné.

ANTIOCHE.

Ha! qu'à ce changement ie voy peu d'apparence,
Et qu'vn foible secours reste à mon esperance :
Mais son vouloir arriue, & les Dieux soient benis
Ainsi pour leurs suiets les Princes sont punis,
Et le ciel mille fois par des malheurs semblables,

Deſſus les innocens s'eſt vangé des coupables;
Si ie pouuois, au moins, partager mon tourment,
Et s'il m'auoit laiſſé Criſante ſeulement,
Nos communs entretiens diminuëroient nos peines,
Mais ſur ſes tendres bras m'imaginer des chaiſnes,
Et ſçauoir qu'elle garde vne eſtroite priſon,
C'eſt la pire douleur qui trouble ma raiſon.

CRATES.

Sire, on ne peut priſer ſa valeur infinie,
Pour rançon, offrés-leur Tegée, ou Meſenie,
Tout le Peloponeſe eſt vn indigne prix
De ces diuins attraits qui charment vos eſprits.

ANTIOCHE.

Pour ſe rendre defia l'vne & l'autre s'appreſte,
Et i'offrirois vn prix, qui ſera leur conqueſte.

EVPHORBE.

Eſperés du ſecours, & du ſort, & du temps,
Pour vous, comme pour tous, ils ſeront inconſtans;
Quel que ſoit leur pouuoir, la gloire eſt toſt finie,
D'vn Empire eſtably deſſus la tyrannie;
En vain, l'orgueil de Troye, eut des Dieux parti-
ſans,
Vne nuit luy rauit la gloire de dix ans.

ANTIOCHE.

Que le sort continuë, ou cesse sa malice,
Que le courroux du Ciel dessus moy s'accomplisse,
Que mon chef soit en butte à toutes ses rigueurs,
Qu'il me liure moy-mesme au pouuoir des vain-
   queurs ;
En l'estat déplorable où m'a mis ma fortune,
Il ne peut plus m'oster qu'vne vie importune :
A qui perd toute chose, il reste au moins ce bien,
Qu's'il peut mépriser tout, & ne redouter rien.

SCENE II.

CASSIE, ORANTE.

CASSIE.

Qve tout me soit contraire, & que cent fois la
   vie,
Plutost que ce dessein me puisse estre rauie.

ORANTE.

Le Ciel,

CASSIE.

A tout respect l'Amour voile mes yeux,

Ie ne mets en obiet les hommes, ny les Dieux;
Seule ie la reuere, elle est seule adorable,
Et rien que sa beauté ne m'est considerable.

ORANTE.

Cette gloire, pour elle, est vn triste bon-heur,
S'il faut que sa beauté luy couste son honneur.

CASSIE.

Et ie proffite peu d'vne illustre victoire,
Si mesme estant vaincuë, elle a toute la gloire.

ORANTE.

Ses biens luy sont rauis,

CASSIE.

Ils luy sont superflus.

ORANTE.

De Reine elle est esclaue.

CASSIE.

Et mon cœur l'est bien plus.

ORANTE.

Souuent, à l'insolent la victoire est funeste,

CASSIE.

Elle est infructueuse, & penible au modeste.

ORANTE.

Alexandre, indulgent à ses salles plaisirs,
En mesme occasion reprima ses desirs.

CASSIE.

Il eut de mauuais yeux, ou la femme de Daire,
N'eut pas des qualités capables de luy plaire.

ORANTE.

Par vœux ny par amour, vous n'en viendrés à bout,

CASSIE.

La force à leur deffaut me peut obtenir tout.

ORANTE.

Celle qui sçait mourir ne peut estre forcée.

CASSIE.

C'est le dernier secours qui vienne en la pensée,
On se resout bientard à ce dernier effort,
Heureuse, ou mal-heureuse, on redoute la mort.

ORANTE.
Ha! si sur vos desseins quelque vertu preside ;

Si quelque amour du sexe en voftre ame refide,
Et fi de tant de Rois vous fuftes triomphant,
Auiourd'huy, foyés le du pouuoir d'vn enfant,
Réprimés cette ardeur dont voftre ame eft atteinte,
Vous la detefterés, quand vous l'aurés étcinte,
Regnant, fçachés auffi vous prefcrire des loix,
Et pouuant tout dompter, domptés vous vne fois.

CASSIE.

Pour rendre ma valeur encor plus redoutée,
Celle qui m'a vaincu, par moy fera domptée,
Et me deuft ce deffein cent fois coufter le iour,
Toute raifon eft vaine, ou prefide l'amour.

ORANTE.

Que vous deliberés d'vn déteftable crime,
Et qu'vn leger plaifir va perdre voftre eftime,
Dans la profperité Venus à des appas,
Mais au milieu des fers que froids font efbats.

CASSIE.

Qu'elle ofte à ce plaifir la qualité d'offence
Et qu'au lieu de mon crime il foit ma recompenfe,

ORANTE.

Par quel prix fon efprit peut il eftre porté,
A vendre fon honneur, & fa fidelité?

CASSIE.

CASSIE.

Par le prix de mes biens, de mon sang, de soy-mes-
   me,
Elle se tirera d'vne misere extréme,
Sans rançon, des ce soir fera briser ses fers,
Et finira les maux que vous auez soufferts.

ORANTE.

H a redoublés plutost les tourments qu'elle endure,
Plutost vn siecle entier nostre seruage dure;
Ou faite le cesser par le coup de la mort,
Plutost que de passer à ce brutal effort.

CASSIE.

Toute compassion, & toute plainte est vaine,
Apren en peu de mots le destin de la Reine:
Ses baisers payeront les deuoirs que ie perds,
Crisante sera mienne, ou libre, ou dans les fers,
S'en deffendant, ou non, inhumaine, ou propice,
Par force, ou par amour, de droit ou d'iniustice.

ORANTE.

Rien ne peut il changer ce funeste dessein,

CASSIE.

Les Dieux mesmes, les Dieux le tenteroient en vain

Leur maiſtre me l'inſpire.

O R A N T E.

Il faut donc qu'elle meure,

C A S S I E.

Tâche à faire plutoſt qu'elle me ſoit meilleure,
Sois ſenſible aux ſouſpirs d'vn mal-heureux amant
Qui ne ſonge, ne ſent, ny voit que ſon tourment.
Si par toy ſes faueurs tombent ſous ma puiſſance,
(Permets moy de parler auec cette licence.)
Puiſſ ay ie eſtre hay des Dieux, & des mortels,
Priué de tout commerce, & banny des Autels,
Puiſſe l'Erebe ouurir ſes cauernes profondes,
Et moy tomber viuant en ſes fatales ondes,
Si ſans autre ranſon, cette rare beauté
En cet heureux moment n'obtient ſa liberté;
La fin de ſon ſeruage, également t'importe,
Banny donc pour vn bien vne froideur ſi forte,
Puis qu'en vain ſon honneur croit franchir ce deſtin,
Et que s'il n'eſt mon prix, il ſera mon butin.

O R A N T E.

Plutoſt ciel, à tes traits ma teſte ſoit en bute,
Vous voulés que ie ſois l'inſtrument de ſa cheute,
Que celle qui la plaint vous ayde à l'aſſaillir
Et que par mes aduis ie la porte à faillir:

Belle commiſſion.

CASSIE.

Toutesfois neceſſaire,
Puiſque deſſous le ioug d'vn pouuoir aduerſaire,
Des maux qu'on nous preſcrit auoir l'election,
Eſt encor quelque bien en noſtre affliction:
C'eſt le dernier eſpoir que le ciel vous reſerue,
Conſulte là deſſus, & quis'aime ſe ſerue.

ORANTE, ſeule.

O brutale fureur! qu'ay-ie à deliberer,
Au point de craindre tout, & ne rien eſperer;
Qu'elle eſt la cruauté de noſtre deſtinée?
Et quel eſt ton mal-heur Princeſſe infortunée?
Par force, ou par amour on te veut poſſeder,
Il faut donner ou perdre, & mourir, ou ceder,
O lâcheté barbare! inſolence cruelle!
La voila, portons luy cette triſte nouuelle.

SCENE III.

CRISANTE, MARCIE, ORANTE.

CRISANTE.

Vangeurs des innocens, sacrés moteurs des
    cieux,
D'vn seul de vos regards penetrés en ces lieux;
Ie ne reclame pas vostre pouuoir supréme,
Pour reuoir sur mon front l'éclat d'vn diadesme;
Ie ne demande pas le sang des ennemis,
Et de voir en son trône Antioche remis,
Ie vous reprocherois vne perte legere,
Et c'est pour vostre oreille vne indigne priere:
Mais soyés mon recours en ma captiuité,
Et contre vn insolent gardés ma pureté.

ORANTE.

O Dieux!

CRISANTE.

De quel discours, viens tu croistre ma peine,

ORANTE.

J'ay rencontré Cassie en la chambre prochaine,
Qui par vostre refus deuenu plus ardent,
Menace vostre honneur d'vn funeste acci lent
Ce dessein est si ferme en son ieune courage,
Qu'il est bien mal aysé de franchir cet orage,
Et le vice puissant, & qui donne la loy,
A la vertu captiue est vn suiet d'effroy.

CRISANTE.

Alors qu'elle est pressee, & n'a plus d'esperance,
Elle peut en la mort trouuer son asseurance,

ORANTE.

A qui le iour n'est plus, l'honneur n'est plus vn bien,
Et se perdant soy-mesme on ne conserue rien.

CRISANTE.

Qui meurt par sa vertu reuit par sa memoire,

ORANTE.

Vn iour que nous viuons, vaut mieux qu'vn an de
gloire.

CRISANTE.

La vie aux plus heureux passe comme vn moment,

Et doit estre importune à qui vit lâchement.

O R A N T E.

S'agissant de sauuer les iours d'vne Princesse,
Le vice perd son nom, & le déshonneur cesse.

C R I S A N T E.

Que suis-ie qu'vn obiet des cruautés du sort?
Et qu'importét aux Dieux, & ma vie, & ma mort?

O R A N T E.

Les pertes, & les maux, sont souuent aux monar-
ques,
De leur affection de veritables marques.

C R I S A N T E.

On doit craindre les Dieux! alors qu'on leur est cher,
Et depuis qu'on les craint, on ne sçauroit pecher.

O R A N T E.

Que resoudrés vous donc, voyant que cet orage,
Prepare à vostre honneur vn si proche naufrage?

C R I S A N T E.

I'ay dequoy me seruir en cette extremité;

O R A N T E.

Prendrés vous vn trépas qui peut estre éuité?

La plus forte vertu s'est parfois relachée,
Quand la faute profite, & peut estre cachée.

CRISANTE.

De quelque passion qu'vn cœur soit combattu,
Quand il est genereux, il tient pour la vertu.

ORANTE.

La vertu ne depend que d'vne vaine estime,
Et le crime secret, n'est que l'ombre d'vn crime.

CRISANTE.

N'est-ce point le dessein d'assaillir mon honneur,
Qui t'a fait mediter ce discours suborneur?

ORANTE.

Non, mais de conseruer vne si belle vie
Qu'à de trop dures loix les Dieux ont asseruie;
Et de vous arracher ce dessein violent,

CRISANTE.

Il faut donc contenter ce vaincueur insolent?
Il faut qu'à ses desirs enfin ie m'abandonne;
Et ce que ie perdrois, tu veux que ie le donne?
Pource qu'il le resout ie dois l'effectuer,
Et moy-mesme m'offrir, & me prostituer.

CRISANTE,

ORANTE.

Ie sauuerois ma vie en ce malheur extréme,

CRISANTE.

En perdant ton honneur ?

ORANTE.

Ouy plutost que moy-mesme,
Si Cassie est discret, vous pouués sans soupçon,
D'vne seule faueur pàyer vostre rançon,
Ou la laissant au moins ceuillir à la contrainte,
Tirer quelque proffit de ce suiet de plainte,
Il s'oblige, Madame, à vostre Maiesté,
De luy faire aussi tost rendre sa liberté.

CRISANTE, tirant de son sein vn poignard, & tuant Orante.

Orante tombe.

Elle me seroit chere apres cette aduanture?
Pren la tienne en ta mort, horreur de la nature ;
Sorts de captiuité, ce coup brise tes fers,
Ne plains plus ta franchise, erre libre aux enfers ;
Ce fer est mon secours, en luy mon innocence,
Contre ses suborneurs à trouué sa deffence.

MARCIE,

MARCIE.

O Dieux!

CRISANTE.

Et s'il ne peut diuertir mon malheur,
Il sera l'instrument de ma iuste douleur.

ORANTE.

Mes yeux perdent le iour, & ma mort inhumaine,
Est à mon imprudence vne trop douce peine;
Mais ne conceués point de soupçons là dessus,
Mon dessein n'estoit pas; ie meurs, ie ne vis plus.

CRISANTE.

Quoy, par mes propres gens ie suis sollicitée,
D'assouuir d'vn brutal l'insolence effrontée?
Celle en qui mon honneur eust cherché du secours,
Qui dans l'extréme effort eust esté mon recours,
Et dont i'eusse au besoin imploré le courage,
Ose employer sa bouche à ce honteux vsage?
O honte sans seconde, & sans comparaison!
O noire perfidie! ô lâche trahison!
Mais que tarday-ie plus à me tirer de peine,
Rendons de mon honneur l'asseurance certaine,
N'ay-ie pas en la main le secours qu'il me faut,
Porte lâche, en ton sein ce fer encore chaud,

Ayant bien commencé, qu'il acheue de mesme,
Et qu'vn mal si leger, empesche vn mal extréme.

MARCIE.

Ha, Madame, calmés vn courroux si pressant,
Quel effort tentes vous contre vn soin innocent?
Quel tyran est l'honneur, s'il perd ceux qui le sui-
*   uent,*
Et s'il faut que du iour les vertueux se priuent.

SCENE IV.

CASSIE, CRISANTE, MARCIE.

CRISANTE.

O Deffence importune,
*　　CASSIE, luy arrachant le poignard.*
*　　　　　O dieux, à quel dessein,*
Voulés vous de ce fer outrager ce beau sein!
Quel spectacle d'horreur se presente à ma veuë?
Par quel bras est Orante à vos pieds étenduë?
Et quel crime si noir luy peut couster le iour.

CRISANTE, furieuse.

Ses conseils suborneurs, & ta brutale amour;

Donne, n'empefche point n deſſein legitime,
Que ie ſuiue ſes pas, laiſſe acheuer ton crime.

CASSIE, il fait ſigne à des ſoldats qu'on
emporte Orante.

Non, non, plutoſt mes vœux ne ſoient point ſatis-
faits,
Et plutoſt le Soleil ne m'éclaire iamais ;
Mon cœur eſt conſommé d'vn feu qui le deuore,
Mais parmy ce tourment, ma raiſon regne encore,
Elle peut reprimer ces tranſports deſreiglés,
Mes yeux ſont eſblouys, & non pas aueuglés
Le vice peut ceder où la vertu s'oppoſe,
Excuſés les effets dont vous eſtes la cauſe ;
Qui peche par amour, peche legerement,
Et qui ne veut guerir, plaint au moins vn Amant.

CRISANTE.

Qui pourſuit mon honneur, me ruine, m'enchaiſne,
Plus ennemy qu'amant, a merité ma hayne.

CASSIE.

La fortune, & l'amour, aueugles deités,
Ont exercé ſur vous, ce que vous m'imputés.

CRISANTE.

Ne pouuant plus parer les coups de la fortune,

Ie souffre qu'elle regne, & qu'elle m'importune;
Mais sçachant le moyen de parer ceux d'amour,
C'est à moy d'en vser, ie dois perdre le iour.

CASSIE.

Ie cognois à quel point tous deux vous ont reduite,
Mais le dernier au moins va cesser sa pourfuite;
Et ce superbe Dieu, rebuté de refus
Et las d'importuner, ne vous reclame plus.
Ne cherchés point à perdre vne vie innocente,
Ce iour mesme, éteindra quelque ardeur que ie
    sente,
I'ayme, ie suis ardent, ie vais iusqu'aux souhaits,
Prie, & presse souuent, mais n'étouffe iamais.

CRISANTE.

Dois-ie esperer de vous ce changement extréme?

CASSIE.

Esperés de me voir different de moy-mesme.

CRISANTE.

Le temps, & la raison vous pourront secourir;

CASSIE.

Leur secours me manquant ie sçauray bien mourir.

CRISANTE.

Que pour moy cette amour tourne en indifference,

CASSIE.

Vous verrés les effets passer voſtre eſperance.

CRISANTE.

N'epargnés, hors ce point , fers, priſon, ny tourment,

CASSIE.

Vous receurés, Madame, vn meilleur traittemenꝭ.

CRISANTE.

Mon honneur conſerué ſatisfait mon enuie,

CASSIE.

Vous verrés qu'il m'eſt cher à l'égal de ma vie.

CRISANTE.

Ainſi le ciel conſerue , & beniſſe vos iours;

CASSIE.

Ainſi puiſſent bien-toſt s'éteindre mes amours.

CRISANTE.

Pour noſtre bien commun, ſouffrés que ie vous laiſſe,

Et ne recherchés point l'ennemy qui vous blesse;
Fuyés (de qui vous nuit) l'abord contagieux,
Et pour guerir le cœur, commencés par les yeux;
Par ces portes des cœurs, l'amour fait la blesseure,
Et par elles l'amant doit commencer sa cure;
Souffrés que pour nourrir de si iustes ennuys,
Des iours les plus serrains ie me fasse des nuicts,
Que ie resue à souhait, & que la solitude
Donne vn libre entretien à mon inquietude.

CASSIE.

Puisque pour mon secours l'amour est impuissant,
Vous n'aues plus en moy ce captif languissant,
Dont vous aues souffert tant de vaines visites,
Et qui deferoit tant à vos rares merites:
Ie ne tenteray plus d'inutiles propos,
Et ie dois comme vous, songer à mon repos.

CRISANTE.

Adieu, qu'il soit parfait, & le ciel l'établisse,
Dessus vn fondement qui iamais ne perisse.

Elle s'en va.

MARCIE.

O diuin changement!

CASSIE, seul.

Ainsi d'vn beau parler,

On flatte le captif qu'on est prest d'immoler,
Ainsi les criminels viennent sans resistence,
Sous l'espoir qu'on leur donne entendre leur senten-
   ce.
Quoy, voyant le secours d'vn mal si furieux,
Et pouuant en vser, la mort me plairoit mieux ?
I'aurois nourry sans fruit cette importune flame,
Et serois rebuté par les cris d'vne femme.
Non, non, ménageons mieux les faueurs du destin,
Et les trauaux passés, iouyssons du butin.
Elle ferme l'oreille, aux plaintes qu'elle attire,
Blesse mortellement, & deffend qu'on souspire !
Elle implore la mort, elle veut s'outrager,
Et s'arme contre soy de peur de m'obliger !
Elle ne recognoist, vœux, caresses, ny larmes,
Pour ses superbes yeux, la mort a plus de charmes.
Ha ! c'est trop consulter, ce transport vehement,
Pourroit estre frustré par le retardement,
Et l'execution d'vne belle entreprise,
En doit suiure l'enuie, aussi-tost qu'elle est prise ;
Entrons, & sans respect des hommes, ny des Dieux,
Immolons à l'amour ce butin precieux.

            Il va iusques à la porte, & s'arrestant dit.

Mais que vois-ie attenter ? quelle ardeur, quelle
   rage ?
Iusques à ces desseins transporte mon courage ?

Quelle aueugle fureur, & quel enchantément,
Me fait sacrifier au plaisir d'vn moment ?
Le prix de tant d'exploits, mon honneur, & moy-
    mesme,
O trop lâche furie ! aueuglement extréme !
Indigne de mon cœur, indigne de mon nom,
Et qui de mes ayeuls obscurcit le renom.
Quoy, de mes lâchetés Rome sera noircie ?
Et Cesar rougira des crimes de Cassie ?
Esteins, lascif, éteints, ces feux pernicieux,
Et laisse à la raison te deffiller les yeux.

                    Il retourne.

Non, non, défére plus, au Dieu qui te consomme
Qu'à toy, qu'à tes ayeuls, qu'à Cesar, & qu'à
    Rome,
Et te faits vn suiet, de ce tyran d'honneur,
Où le stupide seul, établit son bon-heur ;
Les crimes sont legers, quand l'amour est extréme,
Et quand les Dieux aymoient ils en faisoient de
    mesme,
Cessés, foibles pensers, vos conseils superflus,
Importune raison, ie ne t'écoute plus.

                              ACTE III.

ACTE III.

SCENE PREMIERE

CRISANTE, MARCIE.

CRISANTE, ayant fait deux pas ſur le theatre
tombe eſuanouye, & dit.

E meurs, ſouſtiens vn peu ma vigueur aba-
 tuë,
La force n'ayant pû, la foibleſſe me tuë,
O mort, mon ſeul remede, & mon dernier bon-heur,
Que ne preuenois tu celle de mon honneur?

MARCIE.

O ſeuere deſtin, elle meurt, elle tombe,
Et ſon corps palle, & froid, à la douleur ſuccombe;
La mort ferme cet œil ſi charmant, & ſi ſaint,
D'vne ſombre couleur ſon viſage ſe peint.
A que dois ie chetiſue adreſſer ma priere?
Que ne la puis-ie ſuiure, ou mourir la premiere?

Mais son teint renaissant, & ses yeux entr'ouuerts
Donnent quelque resource à l'espoir que ie perds;
Le ciel luy rend le iour,

CRISANTE.

          Quelle peine importune,
Remet ce corps en butte aux traits de la fortune ;
Quel soing mal à propos me rend à la douleur,
Et fait renaistre, helas, ma vie, & mon malheur?

MARCIE.

C'est trop vous affliger, r'animés le courage,
Dont vous deues vanger vn si sensible outrage,
Pour perdre le coupable, il vous faut conseruer,
Et respirer le iour, afin de l'en priuer.

CRISANTE.

Presse plutost la fin de mon sort lamentable,
Tu me peux accorder ce bien si souhaitable ;
Détache les liens qui serrent mes cheueux,
Et m'ayde à m'étouffer, auec ces foibles nœuds ;
Priue ce triste corps de ce reste de vie,
Dont encores la mort ne s'est pas assouüie,
En l'état ou ie suis, cet acte officieux
Ne fera guieres plus, que me fermer les yeux.

MARCIE.

Plutost deſſous mes pas le ciel ouure la terre,
Et plutoſt ſur mon chef éclatte ſon tonnerre,
Madame, releués voſtre eſprit languiſſant,
Et faites plus de grace à ce corps innocent;
A peine il eſt ſauué des efforts d'vn perfide,
Que vous meſme voulés eſtre ſon homicide,
Aſſés pour ſa vertu parle voſtre renom,
L'honneur qu'on a rauy conſerue encor ſon nom.

CRISANTE.

Eſpoir des affligés, tenebreuſe Deeſſe,
Tu cherches qui te fuit, & tu fuis qui te preſſe.
Ne va point effrayer ces ſuperbes Palais,
Ou perſonne pour toy ne forme de ſouhaits;
Epargne ces beautés que tout le monde adore,
Laiſſe qui te redoute, & vien à qui t'implore,
Des plus heureux mortels, tu tranches les deſtins,
Iuſques dans les berceaux tu cherches des butins;
Et tu crains mon abord, parce que tu m'es chere,
Tu trembles, & ton dard s'émouſſe à ma priere:
Mais, ô lâche entretien! vains diſcours que ie perds,
Le ciel pour tout le monde à des chemins ouuerts;
Il ſemble que ie craigne, & qu'encore ie m'ayme,
Ie poſſede ma mort, & ſuis ſourde à moy-meſme;

Mon bras contre mon sein n'oſe ſe haſarder,
Quand ie la voy venir, i'ayme à la retarder;
D'inutiles diſcours ſont l'effort que i'eſſaye,
Abſente elle me plaiſt, preſente elle m'effraye.

M A R C I E.

Si la mort à vos vœux eſt vn obiet ſi doux,
Mourés auecques gloire aux yeux de voſtre époux;
Remportés cet honeur, que ce genereux Prince,
Qui n'a pleuré grã leurs, biens, ſceptre, ny Prouince,
Sur voſtre ſang verſe laiſſe couler des pleurs,
Et s'immole apres vous à ſes iuſtes douleurs.
Ou plutoſt, ſauués luy le bien ſeul qu'il reſpire,
Vous paſſés ſa grandeur, ſon ſceptre, & ſon Em-
    pire,
La perte de vos iours ſeroit ſon pire coup,
Et conſeruant Criſante, il conſerue beaucoup.
Nous approchons du fort dont il fait ſa retraite,
Et dont il vous parla le iour de ſa deffaite,
C'eſt là qu'il receura le bien de vous reuoir,
D'autant plus cherement, qu'il paſſe ſon eſpoir.

C R I S A N T E.

Forçons pour quelque tẽps, la fureur qui nous domte,
Viuons, & deuant luy, publions noſtre honte,
Viuons iuſqu'au moment qu'vn traiſtre doit perir,
Et viuons, pour tuer, auant que de mourir.

SCENE II.

CASSIE, CLEODORE.

CASSIE.

Onfus, triste, saisi d'vn repentir extréme,
Ie doute si ie vis, & si ie suis moy mesme,
I'ignore quelle aueugle, & brutale fureur,
A moy-mesme, m'a fait estre vn obiet d'horreur :
Ma seule resuerie est le bien qui me reste,
Ie me suis vn Demon, vn enfer, vne peste,
Mon bras contre mon sein s'arme à chaque mo-
    ment,
Et seul, ie ne suis pas auec moy seurement.

CLEODORE.

Tel, ou plus triste encor est le succés d'vn crime,
A qui suit sa fureur, & qui ne la reprime ;
Au point d'executer, tout crime paroist beau,
Mais qui pechoit sãs crainte, apres est son bourreau.

CASSIE.

Quelle fausse douceur surprit ma fantaisie ?

De quelle aueugle ardeur fut mon ame saisie?
Parus-ie helas! parus-ie en cet aueuglement,
Auoir rien de Romain, ny l'homme seulement?
O trop lasche fureur! indigne acte d'vn homme,
Mais d'vn fils de Cassie, & d'vn enfant de Rome.
Dieux! que differe tant vostre iuste courroux?
Vainceurs renocés moy, vous vaincus vangés vous.

CLEODORE.

Vous deués toutesfois, puisque la faute est faite,
La tenir s'il se peut à vous mesme secrette.
Et vous n'ignorés pas, quelle a tousiours esté
Contre tels attentats, nostre seuerité.

CASSIE.

Que ie cache vn bourreau qui consomme ma vie?
Non, non, que d'vn seul coup elle me soit rauie,
Qui porte dans le cœur vn si iuste remords,
S'il ne meurt de bonne heure, endure mille morts.
Puis-ie tenir secret, ce que les Dieux cognoissent,
Et ce que sans ma voix mes actions confessent,
Ce que publie assés le sort de deux soldats,
Dont le sang repandu coule encor sous nos pas.

CLEODORE.

Quels estoient ces soldats?

CASSIE.

Les gardes de la Reine.

CLEODORE.

Qui les tua?

CASSIE.

    Deux mots te tireront de peine.
Passant de la douceur au violent effort,
Et suiuant sans respect ce furieux transport;
O ciel! ie suis perduë, ô secours! (dit Crisante)
Alors d'vn cabinet accourut sa suiuante,
Qui s'alloit opposera mon intention,
Si ie n'eusse eu recours, à cette inuention.
Ie liure à deux soldats cette fille importune,
Il prennent aux cheueux cette bonne fortune,
Et la tirent dehors, tandis qu'aueuglement,
I'exerce la fureur d'vn brutal mouuement.
Eux, sur la primauté du plaisir qu'ils esperent,
Forment vn different, se querellent, s'alterent,
Enfin viennent aux mains, & tous deux se par-
   tans,
Tous deux frappés au cœur, meurent en mesme
   temps.

CLEODORE.

O iuste soing des Dieux !

CASSIE.

Telle est leur destinée,
Et tel est le malheur de cette infortunée,
Qui ne cause desia qu'vn trop iuste soupçon,
Par son esloignement, permis sans sarançon.

CLEODORE.

Comment Crisante est libre ?

CASSIE.

Eussay-ie eu le courage,
De ioindre à son affront encore le seruage ?
Vn fort tesmoing me reste, & mon cœur sans mes
*   yeux,*
Ne me parle que trop de cet acte odieux ;
Assés par son départ mon crime se publie,
Sans la voir desolée, aux pieds de Manilie,
Et mon front dit assés, ce que diroit sa voix,
Mon supplice dépend de mourir vne fois.

CLEODORE.

Par l'étroite amitié que nous auons iurée,
Rendés vn peu le calme à vostre ame égarée ;

Chassés

Chaßés de voftre efprit ce funefte penfer,
Le Noir fleuue des morts ne fe peut repaßer,
Et la vie à chacun eft vn trefor trop rare,
Pour la fuir, & deuoir n'en eftre pas auare,
Feignons adroitement en cette occafion,
Faifons courir le bruit de fon euafion,
La mort des deux foldats qui la tenoient captiue,
Pour ayder à la feinte, à propos nous arriue;
Et fera creuë, vn coup, qu'en la neceßité,
Ses genereufes mains auront executé.

CASSIE.

Faifons ce qui te plaift, & tentons cette excufe
Mais le coupable, helas! de foy mefme s'accufe;
Vn changement vifible à mon remords eft ioint,
Et ie n'en dys que trop, mefme en ne parlant point.

SCENE III.

ANTIOCHE, CRATES, EVPHORBE.

ANTIOCHE.

Qve ie fuporte plus cette abfence inhumaine!
Que ie fois fans danger, quand Crifante eft
en peine!

G

Non, l'étroite amitié dont le ciel ioint nos cœurs,
M'oblige à me liurer au pouuoir des vainceurs;
J'aymerois la franchise auec elle commune,
Mais n'ayant pas Crisante, elle m'est importune,
Par sa possession, mon mal s'allegera,
Et i'aimeray les fers qu'elle partagera.

CRATES.

Sire, nous combattons pour vn tresor trop rare,
D'vn bien si pretieux, monstrés vous plus auare,
Rien ne peut râchepter les libertés des Rois,
Quand leur trône est à bas, & qu'ils n'ont plus de
    droits.

ANTIOCHE.

A quel excés d'ennuys est mon ame reduite,
Et combien cher me couste, vne honteuse fuitte,
Fussay-ie, helas! meslé dans le triste débris,
Où mes honneurs, mes gens, & mes biens sont peris;
Que n'ay-ie des vainceurs acheué la victoire,
Que n'a ma mort, côblé mes mal'heurs, & leur gloire?
Que n'ay-ie l'esprit calme, & le fer à la main,
En perissant au moins, battu l'orgueil Romain,
Vn renom glorieux eust suiuy ma deffaitte,
I'aurois auec honneur, la mort que ie souhaitte;
Qui tombe auec son trône est au moins excusé,
Mais qui le voit tomber, doit estre mesprisé;

Et qui rend le bandeau dont sa teste est couuerte,
Sans disputer son prix, en merité la perte.

EVPHORBE.

Quand des Dieux irrités le supresme pouuoir,
Esbranle nos destins, & nous oste l'espoir,
Opposer à leur force vne inutile peine,
Ne fait que nous lasser, & qu'irriter leur hayne.

ANTIOCHE.

Ay-ie offensé des Dieux les honneurs immortels ?
Ay-ie fait des desseins au mespris des autels ?
Du sang des innocens mes mains sont-elles teintes,
Contre moy, vers le ciel ont ils poussé des plaintes ?
Nul de tous ces forfaits, mais mon sort seulement,
D'vn trône qui luy nuit me fait vn monument,
Sa rigueur m'a reduit à ce point déplorable,
Et ie suis mal-heureux, & non pas miserable.

CRATES.

Sire, ce triste exemple, aux Rois n'est pas nouueau,
Vn sceptre est dans leurs mains vn fragile rosnau;
Le ciel d'vn seul regard esbranle vne couronne,
Il l'oste quelquefois, aussi-tost qu'il l'a donne,
Et de nostre grandeur à nostre abaissement,
L'espace quand il veut n'est que d'vn seul moment. Crisau-
Mais, ou mon œil s'abuse, ou la Reine elle mesme te entre.

Apporte du remede, à voſtre deuil extréme.
C'eſt elle qui s'auance, & les Dieux appaiſés,
Vous ſeruent, au moment que vous les accuſés.

SCENE IV.

ANTIOCHE, CRATES, EVPHORBE. CRISANTE, MARCIE.

ANTIOCHE.

Dieux ! qu'eſt-ce que ie voy ? vous me rendés
    Criſante,
O ſupreſme faueur ! qui paſſe mon attente,
O veuë ineſperée ! ô doux contentement.

CRISANTE, ſe retirant.

Trefue, trefue Monſieur, à ce rauiſſement;
Détournés vos regards d'vn obiet ſi funeſte,
Qu'il vous ſoit vn poiſon, qu'il vous ſoit vne peſte;
Celle en qui vous trouuiés des attraits ſi charmans,
N'eſt plus vn digne obiet de vos embraſſements.
C'eſtoit peu des grandeurs, des biens, d'vne cou-
    ronne,
Qu'au pouuoir de Ceſar noſtre ſort abandonne,

Il ordonnoit aussi que ce mal-heureux corps,
D'vn vainqueur insolent assouuist les efforts.

ANTIOCHE.

O de tous mes mal-heurs, mal-heur le plus sensible!
En ce point seulement vostre hayne est visible,
Impitoyables Dieux, qui voulés mon trépas,
Et qui pour m'outrager, ne vous épargnez pas,
Pour trauerser mes iours, vous approuués le crime,
Et tout ce qui me nuit vous semble legitime.
Quel vainqueur, au mépris de la terre & des cieux,
A taché ses exploits de cet acte odieux.

CRISANTE.

Cassie à cét effort, à dispensé sa rage
Le Ciel impunement a permis cet outrage,
Pleurs, deffence, ny cris, ne la pû diuertir,
Et Manilie absent ne m'en pût garantir.

ANTIOCHE.

Mais par quelle faueur sont vos chaisnes brisees,
Et contre nostre espoir vos rançons mesprisees.

CRISANTE.

La Captiue luy nuit qui le peut accuser;
Et c'est l'occasion qui les luy fait briser;

★

ANTIOCHE.

L'honneur se peut deffendre auec vn peü de peine,

CRISANTE.

Pour le mien toutefois ma deffence fut vaine.

ANTIOCHE.

La pitié vous rendit sensible à ses transports,
Où l'espoir d'estre libre allentit vos efforts.

CRISANTE.

Quoy? dans l'excez d'ennuis dont mon ame est
   atteinte,
Ie suis complice encor du suiet de ma plainte :
N'ay-ie point auec luy respiré ses plaisirs?
N'ay-ie point par dessein excité ses desirs?
N'ay-ie pas attisé son impudique flame,
Et prostitué ce corps à son ardeur infame?

ANTIOCHE.

Qui craint de se trouuer en ce honteux estat,
Reprime le plus fort, & le pire attentat.

CRISANTE.

Hommes, Dieux, Elemens, tout fut sourd à mon
   aide.

TRAGEDIE.

ANTIOCHE.

Iamais qui peut mourir ne manque de remede.

CRISANTE.

Ce dernier me manqua, ie l'ay cent fois cherché,
Et toufiours de mes mains le fer fut arraché;
Orante qui vouloit fuborner mon enuie,
Efprouua ma vertu par la fin de fa vie.

ANTIOCHE.

L'inftrument de fa mort vous pouuoit fecourir.

CRISANTE.

Is fus trop toft furprife, & ie ne pus mourir.

ANTIOCHE.

Viuez, viuez, Madame, & que les deftinées
Filent à voftre vie vn long fiecle d'années;
Vne iufte frayeur vous fauua du tombeau,
Et la beauté du prix fit voftre crime beau;
Sçachant en quel eftat m'auoit mis la fortune,
Qu'il ne me'reftoit rien qu'vne vie importune:
Qu'on ne m'a rien laiffé, nonpas mefme l'efpoir,
Et que voftre rançon excedoit mon pouuoir;
Il s'agiffoit d'vn bien & trop cher & trop rare,
Pour garder voftre honneur, & pour en eftre auare;

CRISANTE,

Vous deuiez cette offrande à vostre liberté,
Et ie ne puis blasmer vostre facilité;
Si ce brutal encor vous poursuit ses demandes,
Et si vous luy deuez des priuautez plus grandes,
Vous pouuez assouuir son impudique ardeur,
Partagez sa fortune, espousez sa grandeur,
Fuyez vn lieu de pleurs, d'ennuis & de supplices,
Et suiuez des vainqueurs la gloire & les delices;
Quittez le mal-heureux, demeurez au plus fort,
Et tournez sans contrainte aù tournera le sort.

Il s'en va suiuy de ses fauoris.

CRISANTE seule auec Marcie.

O sensible douleur! ô trop cruel outrage!
Quoy? fer, prison, ny feu ne s'offre à mon cou-
    rage;
Ie respire le iour, ô cruel desespoir!
Qui me doit du secours, soupçonne mon deuoir?
En plaignant mon honneur, ie tache mon estime,
Et demandant vengeance, on m'impute le crime;
Va, cruel, tes soupçons auront vn prompt effet;
Attens iusqu'à demain, tu seras satisfait;
Toy qui vois à quels traits ma fortune est en butte,
Seule qui sçais mes maux, compagne de ma cheute:
Marcie, assiste-moy iusqu'au dernier moment;
Ne m'interroge point, & suy-moy seulement.

TRAGEDIE.

MARCIE.

Dieux! à quel poinct d'ennuis le Ciel t'a-t'il redui-
te?
Tousiours vn dernier mal treuue vn pire à sa suite;
Accusant vn brutal, ie le fait vn ialoux,
Et n'a plus d'ennemy pire que son espoux.

ACTE IV.

SCENE PREMIERE.

CASSIE seul.

Oucis, honte, remords qui troublez ma
    pensée,
Importunes fureurs dont mon ame est
    pressée ;
A quels desseins, enfin, me deuez-vous porter ?
Acheuez de me perdre ou de me tourmenter,
Ordonnez quel conseil vous voulez que ie suiue,
Et faites que ie meure, ou souffrez que ie viue ;
Quelque endroit où mes pas portent ce triste corps,
Ie voy couler sous moy le noir fleuue des morts :
Par tout ie voy l'Enfer, & par tout ses Megeres
Herissent contre moy leurs noirs crins de viperes ;
Crisante de frayeur glace tous mes esprits,
Et i'entens en tous lieux ses effroyables cris ;

Ie la voy l'œil ardent, furieuse, enragée
Crier contre le ciel qui ne l'a pas vangée;
Ie la voy forcenée, & le fer à la main
Chercher en quelle part elle ouurira son sein;
Sur moy, sur moy, Crisante, accomply ton enuie,
Finis mes tristes iours, & pardonne à ta vie;
Elle m'a découuert, elle vient, ie la voy,
L'œil haut & le teint mort s'eslancer contre moy;
Elle porte le coup, & sur sa main si pure
Mon sang à larges flots coule de ma blesseure,
De sa rouge couleur son vestement est teint,
Et ie me sens au cœur mortellement atteint,
Mes yeux perdent le iour;

SCENE II.

CASSIE, CLEODORE.

CLEODORE.

Qvelle est sa resuerie?

Dieux !

CASSIE.

Satisfay, Crisante, à ta iuste furie;

CRISANTE,

Arrache de ce sein par vn dernier effort
Ce cœur qui bruſle encor dans l'effroy de la mort.

CLEODORE.

Dieux! de quelle manie eſt ſon ame bleſſée?

CASSIE.

Quels efforts de pitié ſuſpendent ta penſée?
Qui te fait ſans raiſon regretter mon treſpas,
Ou craindre vn ennemy qui ne ſe deffend pas?
Sans deffence à tes coups ma gorge eſt expoſée,
Mon chaſtiment eſt iuſte, & ta vengeance aiſée.

CLEODORE.

Releuez, releuez voſtre eſprit abbatu,
En quels lâches penſers ſe perd voſtre vertu?
Vn grand cœur en ſa perte à tout ſe precipite,
Et la peur de mourir vous fait mourir trop viſte:
Si le courroux du Ciel vous deſtine là bas,
Attendez-en l'effet, mais ne le preſſez pas.

CASSIE.

Quoy, l'obiet de mon crime empeſche ma deſ-
    faite,
Et d'vn coup ſeulement Criſante eſt ſatisfaite;
Non, non, pour vn brutal c'eſt trop d'humanité,
Et ta vengeance importe à ton honneſteté:

Punis,

TRAGEDIE.

Punis, belle Crisante, vn infame barbare,
Qui n'a pû respecter vne vertu si rare;
Comme elle mon offence est sans comparaison,
Fay taire ta pitié, consulte ta raison,
Que pour preuue à ta foy ma mort soit entenduë,
Hay qui t'a trop aimée, & perds qui t'a perduë.

CLEODORE.

O déplorable effet d'vn trop iuste remords,
Combien pour vn seul crime il endure de morts!

CASSIE.

Presse, presse l'effet de ta iuste colere,
L'iniure est peu sensible au cœur qui delibere,
Que ne coule desia mon sang de toutes parts,
Le Ciel est profané de mes salles regards;
Pour ne les plus souffrir le soleil precipite
Sa confuse clarté dans le sein d'Amphitrite:
Mais quel obiet d'horreur m'espouuante les yeux
L'air est tout enflammé du feu tombé des Cieux?
Les Astres dereglez pesle mesle descendent,
Leur clarté s'obscurcit & leurs globes se fendent;
Les Dieux te vont venger, ils tonnent & ie voy
Le foudre dans leur main, prest à tomber sur moy:
Adieu, fuy de ces lieux, Princesse infortunée,
Et crain de partager ma triste destinée:
On a veu quelquefois à leurs bras tous puissans,

* *

CRISANTE,

Auec les criminels frapper les innocens :
Vn effroyable bruit commence la tempeste,
Et le foudre est lancé sur ma coupable teste.

Il tombe furieux.

Ie tombe, ie suis mort, & tout secours est vain ;
Où me dois-ie cacher ? ô terre ouure ton sein !

Il demeure éuanoüy sur la place.

CLEODORE.

Dieux ! quelle frenaisie occupe sa pensée,
Et de quelle douleur est son ame pressée ?
Son corps foible & mourant succombe à sa lan-
   gueur,
A peine dans son sein ie sens battre son cœur,
Ses membres sont glacez, & mon oreille à peine
peut discerner dans l'air le bruit de son haleine :
O d'vn destin d'amour déplorable succez,
Quels mal-heurs sa fureur produit en son excez ;
Mais il entr'ouure enfin sa debile paupiere,
Et semble auec douleur supporter la lumiere.

CASSIE, hauſſant vn peu la teſte.

Quelle est mon aduanture, où suis-ie ? en quel se-
   iour
En quel lieu, cher amy, respirons-nous le iour ?
Quelle sera la fin de ma melancholie,

Et qu'à pour mon supplice ordonné Manilie?
Dois-ie bien tost seruir de pasture aux corbeaux,
Et me prepare-t'on des fers & des bourreaux?
Mon crime est-il connu?

CLEODORE.

       Son remords est extréme!
Non, & vous pouuez seul vous accuser vous mes-
 me;
Manilie arriué, vous fait par tout chercher,
Non pour vous en punir ou vous le reprocher,
Puis qu'il l'ignore encor:

CASSIE.

       O fureur enragée!

CLEODORE.

Mais pour prendre conseil du siege de Tegée;
Il en a veu l'assiette, il en cognoist les forts,
Et promet sa conqueste à nos moindres efforts:
Il ne faut que tenir vostre faute secrette,
Soustenez que de nuict Crisante s'est soustraite;
Produisez les deux morts pour preuue à ce discours,
Et par vn vain regret n'exposez point vos iours.

CASSIE.

En vain ie me contraints, ma constance abatuë
** ij

CRISANTE,

Expire sous le faix de l'ennuy qui me tuë;
Et ce cruel bourreau, ce remords eternel
Poursuit incessamment mon esprit criminel,
Dans le ressentiment de l'ennuy qui me touche,
Mon cœur se peut à peine asseurer de ma bouche;
Suiuons ce que le Ciel en doit faire aduenir,
Ma foiblesse est extreme, aide à me soustenir.

SCENE III.

Vne grande chambre s'ouure, où sont M A N I L I E
& ses Chefs de Guerre tenans conseil

MANILIE.

Pvis que d'heureux succez nos armes sont sui-
    uies,
Et qu'auecques plaisir le Ciel deffend nos vies;
N'espargnons point des bras tousiours victorieux,
Suiuons nostre fortune & le dessein des Dieux :
Vn repos glorieux bornera nos conquestes,
Et pour toutes nos mains Rome a des palmes pre-
    stes ;
Pour seruir vn Cesar, paroissons des Cesars,
Sur les trosnes des Rois plantons nos estendars :
Faisons craindre par tout l'ardeur qui nous trans-
    porte,
Et ce que nous cherchons, faisons qu'on nous l'ap-
    porte ;
Que tout courbe le chef au seul bruit de nos faits,
Et que nos ennemis sans combats soient deffàits.

CRISANTE,

1. CHEF DE GVERRE.

A vos bras si puissans & si chargez de gloire,
Ce n'est qu'vn qu'entreprendre & gagner la vi-
 ctoire ;
Pour les moindres Soldats de nostre nation,
Paroistre & triompher n'est plus qu'vne action ;
Rome victorieuse auec droit nous couronne,
Elle rend seulement la gloire qu'on luy donne,
Nous cueillons les lauriers qui nous doiuent orner,
Et Cesar ne fera que nous en couronner.

2. CHEF DE GVERRE.

C'est trop perdre de iours, & nos armes oisiues
Doiuent des habitans aux tenebreuses riues :
Vn iour nous est honteux s'il passe sans combats,
Et desia le repos afflige nos soldats,
Ne pouuant autre part exercer leurs courages,
Eux-mesmes ils se font les objets de leurs rages ;
L'vn l'autre en ce repos ne se peut supporter,
Ils treuuent des esbats chacun à s'affronter ;
De leur sang à toute heure on voit rougir la terre,
L'aise les incommode, & leur paix fait la guerre.

MANILIE.

Pour augmenter aussi nostre gloire & la leur,
Et pour ne laisser pas engourdir leur valeur :
Entre tous mes aduis le mien est que Tegée,

Suiue de prés Corinthe, & soit tost assiegée
Ses biens seront à nous plustost que menacez,
I'ay reconnu sa force, & sondé ses fossez;
Deux iours nous gagneront vne palme nouuelle,
Et feront sous nos loix courber cette nouuelle :
Mais en quel lieu Cassie a-t'il porté ses pas,
On l'a cherché partout, & il ne paroist pas,
Quels soins & quels respects à t'il eu pour la Rey-
ne,
Il l'a mal gouuernée, ou ma croyance est vaine,
Car son esloignement en fait mal estimer,
Et ie crains vn malheur que ie n'ose exprimer.

1. CHEF DE GVERRE.

Elle entre, la voicy; mais Dieux ! de quelle sorte?

MANILIE.

Que vois-ie, & d'où prouient l'ennuy qui l'a
transporte?

SCENE IV.

CRISANTE, MARCIE, aux pieds de
MANILIE.

Depourueuë au besoin du secours des mortels,
Ie viens à vos genoux comme aux pieds des
   Autels,
Non pas comme autrefois en titre de Princesse,
Ence que i'ay perdu toute ma gloire cesse;
Et ce corps qui iadis ne blessoit pas les yeux,
Est deuenu l'horreur des hommes & des Dieux;
Telle ie viens à vous ainsi qu'aux pieds d'Auguste,
Ce Roy de l'Vniuers aussi puissant que iuste,
Vous apprendre vn malheur que vous n'auez pas
   sceu,
Et demande raison d'vn tort que i'ay receu.

1. CHEF DE GVERRE.

O funeste accident !

2. CHEF DE GVERRE.

Qu'vne brutale flamme

A fur

A sur moy de pouuoir :

MANILIE.

Acheuez donc, Madame.

CRISANTE.

Vn insolent a fait de mon honnesteté
Vne injuste victime à sa brutalité :
Cassie, ô lâche mot, est le nom de ce traistre !
O Dieux en quel estat suis-ie venue paraistre :
Ay-ie du cœur assez pour venir en ces lieux
Publier mon affront & rougir à vos yeux.

MANILIE, se leuant.

Quoy de cette fureur son ame fut touchée ?
O d'vn salle renom Rome à iamais tachée ;
Quel supplice aura-t'il qu'il ne luy soit trop doux,
Pour vn crime si lâche & qui nous touche tous ?
De quel acte, Cesar, est ta gloire noircie :
Courez toute la ville, & qu'on trouue Cassie ;
Chargez vos compagnons d'vn semblable soucy,
Et que viuant ou mort on me le rende icy.

CRISANTE.

Ainsi dessous vos loix tout le monde respire,
Ainsi malgré le temps prospere vostre Empire,
Ainsi le grand Auguste ait vn iour des autels,
Et partage le Ciel auec les immortels.

MANILIE.

O comme en ces mal-heurs le plus noble courage,
Et le plus continent aueuglément s'engage !

O damnable fureur, qui fait de voſtre front
Sur celuy de Ceſar rejallir cet affront!
Quoy l'on verra noircir par le crime d'vn homme,
L'éclat de tant d'exploits, & la gloire de Rome?
Et des gens dont l'ardeur s'épandoit en tous lieux,
On dira (pour vn ſeul) ce peuple eſt vicieux:
Mais de plus prés que tous cet affront me regarde,
Qui ne vous choiſis pas vne plus ſeure garde,
Et qui ne pûs iuger du lubrique deſſein,
Dont ce ieune inſolent ſentoit bruſler ſon ſein;
Eſperez du deuoir où ma charge m'oblige,
Ce que trop iuſtement voſtre plainte en exige;
Vous-meſme à voſtre honneur ſacrifiez ſes iours,
Vos innocentes mains en borneront le cours;
Dans ſon cœur arraché, cherchez voſtre allegeance,
Et s'il ſe peut au crime égalez la vengeance.

    CRISANTE.

S'il craignoit le ſuccez qui ſuiura ſon amour,
Il deuſt m'oſtant l'honneur, m'oſter auſſi le iour,
Il a pour ſon mal-heur ſouſtrait à mon enuie
Les moyens de me nuire & de m'oſter la vie;
Lors que i'ay le poignard contre mon ſein porté,
Ses efforts importuns l'ont touſiours arreſté;
Cent fois à ſa fureur ma gorge s'eſt offerte;
Mais il veut que ie viue, & ie vis pour ſa perte:
L'aueugle, retenant ma iuſte paſſion,
Conſeruoit l'inſtrument de ſa punition:
S'il ſe plaint toutesfois que le iour me demeure,

Si ce traiſtre en mourant, ſouhaitte que ie meure
Il ne peut que trop tard acheuer mon ennuy,
En luy donnant la mort, ie la prendray pour luy :
Mais on l'amcine, ô Dieux ! auec quelle allegeance,
Apres l'iniure, on voit l'obiet de ſa vengeance ?

SCENE V.

CASSIE, CLEODORE, Les Soldats,
MANILIE, le 2. Chef de Guerre,
CRISANTE, MARCIE.

CASSIE, tire ſon eſpée, & la porte aux pieds
de Criſante, & dit.

NE déliberés point, frapés, ce ſein eſt preſt,
Auant que prononcer, executés l'arreſt ;
Des hommes, & des Dieux accompliſſe la haine,
Le iour à mes regards ſe preſte auecques peine ;
Le ciel auec regret le depeint à mes yeux,
Mon abord eſt funeſte, & i'infecte ces lieux ;
Deja, voſtre douleur ſe deuſt eſtre allegée,
Prolongés mon trépas pour eſtre mieux vangée,
Frappes auec plaiſir chaque endroit de ce corps,
Et que pour vne mort ie ſouffre mille morts.

M A N I L I E.

Demander son supplice, & s'accuser soy mesme,
Est paroistre saisy d'vn repentir extréme ;
Sa perte m'est sensible, & ie dois toutesfois
Abandonner son crime à la rigueur des loix ;
Ie crains, & dois presser vn chastiment si iuste,
Ie plains en Manilie, & i'ordonne en Auguste ;
Il importe à l'estat, que cette impunité,
Ne soit pas reproché à mon authorité.

1. Chef de guerre.

Faites graces à l'amour ;

2. Chef de guerre.

Conseruès nous sa vie.

C A S S I E.

Non, non, n'empeschés point qu'elle me soit rauie,
En l'état où ie suis, le iour m'est odieux,
Ie n'attends mon arrest des hommes, ny des Dieux ;
L'effroyable remords qui trouble ma pensée,
A conclu ma sentence, & me l'a prononcée,
Donc que differés vous, frappés cet insolent ;
Qu'au soing de vous vanger vostre courroux est
*   lent,*
Commencés mon supplice, étouffés cette peste,

Qui

Qui fut à voſtre honneur vn poiſon ſi funeſte.

CRISANTE.

Ie verray de ton ſang rougir ton lâche ſein,
Ie ne conſulte pas de ce iuſte deſſein :
Mais i'attens ton arreſt, & veux que ton ſupplice
Plutoſt qu'a ma fureur, s'impute à la iuſtice;
Ie veux en ce plaiſir dompter ma paſſion,
Et punir iuſtement vne iniuſte action.

CASSIE, à MANILIE.

Donc, que differés vous, prononcés ma ſentence.

CLEODORE, à genoux.

Ceſar ſeroit touché de cette repentance;
Peſés braue guerrier les deuoirs que ſa main,
A ſi long-temps rendus à l'Empire Romain,
Faites en ſa faueur parler voſtre memoire;
Quel autre plus vaillant à ſouſtenu ſa gloire?
Peines, ſoings, ny trauaux n'egalent ſes exploits,
Et qui fiſt touſiours bien n'a failly qu'vne fois.

1. Chef de guerre.

Que la loy de Ceſar, comme la loy diuine,
Des deux extremités, à la douceur incline,
Conſeruez luy Caſſie;

H

2. Chef de guerre.

                    En faueur de nos pleurs,
Détournés le suiet de si iustes douleurs.

CRISANTE.

Dieux, ie laisse à vos soings embrasser ma dispute
L'innocence à vos traits n'est pas tousiours en butte,
La constance à la fin calme vostre courroux,
Vos carresses enfin, succedent à vos coups,
Et vous ne trouues pas nos peines legitimes,
Iusques à conseiller l'impunité des crimes.

MANILIE.

En vertu de la charge ou Cesar m'a commis,
Pour faire sous ses loix ranger ses ennemys;
Pour iuste chastiment d'vn ardeur insolente,
I'abandonne Cassie au pouuoir de Crisante;
Sa vie est en ses mains, & sans empeschement
Elle peut satisfaire à son ressentiment.

tous tirent leurs mouchoirs, & pleurent.

CLEODORE.

O rigoureux arrest!

CRISANTE, leuant l'épée qui est à ses pieds.

                    Et moy, trop satisfaite,

D'auoir en ma faueur l'arreſt que ie ſouhaitte.
Ie faits contre ma hayne vn genereux effort,
Et ie laiſſe à ſa main la gloire de ſa mort;
Tien, ſois en ce deuoir le preſtre, & la victime,
Et qu'vne belle mort repare vn lâche crime,

CASSIE, prenant l'épée, & ſe tuant.

Eſtes vous ſatisfaicte : ô dieux ! ſoyez, teſmoins,
Que ce coup eſt celuy que ie reſſents le moins,
Et que rendant l'eſprit ma plus ſenſible peine,
Eſt d'auoir dérogé de la vertu Romaine,
Et de quitter le monde, indigne de ce nom
Qui s'eſt par mes ayeuls acquis tant de renom.

CLEODORE.

O cruel accident !

1. Chef de guerre.

O mort trop genereuſe,

CASSIE.

Acheués mon deſtin, Princeſſe malheureuſe,
De ce coupable corps faites mille morceaux,
Et faites de mon ſang couler mille ruiſſeaux ;
Vangés vous ſans pitié de la fureur brutale,
Mais ie meurs, & mon ame en l'Erebe deuale.

CRISANTE.

Mes desseins sont suiuis du succés que ie veux,
Vn seul point, grand guerrier peut accomplir mes
  vœux
Ne me refusés pas cette iuste requeste.

MANILIE.

Tout vous sera permis,

CRISANTE.

                    Ie demande sa teste,
D'elle, ie tireray la satisfaction
De prouuer ma vengeance, & sa punition.

MANILIE.

L'effet que vous voulés suiura vostre demande,

                    Et s'en allant il dit aux soldats.

nem-
orte le
orps.
Que coupee, au plutost, en ses mains on la rende;
Et qui sera tenté d'vn acte si brutal,
Craigne par son exemple vn chastiment egal.
                    Tous le suiuent & la Reine, & Marcie.

ACTE V.

SCENE PREMIERE.

ANTIOCHE, seul dans vne chambre
tapissee de deuil appuyé sur vn lit.

Rosne, rang, biens, titres, grandeur,
Quelle est enfin ma destinée?
Et que deuient cette splendeur
Qu'en naissant vous m'aués donnée!
Les sieges des Princes sont hauts,
Mais que leur éclat paroist faux.
En ma pitoyable auanture;
Qu'vn Roy sur eux est vn grand faix,
Ou que le bois dont ils sont faits,
Est d'vne fragile nature.

Combien nostre lustre est menteur;
Si le sort ne nous est propice!
Et sous vne extréme hauteur,

Que profond eſt le precipice ;
La nature auecques le ſang
Peut donner vn illuſtre rang,
Mais que cette mere commune,
Maintient peu ce qu’elle à formé
Et qu’en vain on en eſt aymé,
Si l’on ne l’eſt de la fortune.

La gloire qui dépend du ſort
N’a ſouuent que l’age des roſes,
Ce volage, comme la mort
Renuerſe les plus belles choſes.
Armes, gardes, Villes, ny forts,
Ne reſiſtent à ſes efforts,
Sa faueur couronne les crimes,
Il ſe rit de nos differents,
Et pour donner à des tyrans
Arrache aux maiſtres legitimes ;

Les plus grands tombent ſous ſes loix ;
Toute ma ſplendeur m’eſt rauie,
Et de tous les biens que i’auois
A peine il m’a laiſſé la vie.
Mais que le iour m’eſt importun !
Pourquoy par vn malheur commun
N’ont mes yeux perdu la lumiere ;
Fay que ce bien me ſoit oſté

O sort, & cette cruauté
Te lauera de la premiere.

Il se leue, & dit.

Mais ô plainte friuole, inutiles discours!
Pour moy le sort, les Dieux, & les hommes sont
    sourds;
Ie conserue le iour pour sentir ma misere,
Pour gouster mon malheur, pour voir vne adultere
Pour sentir de son mal, rougir ce pasle front,
Et sçauoir qu'a l'outrage, a succedé l'affront.
Quelque poinct manqueroit à mon mal-heur ex-
    tréme,
Si ie n'estois trahy, par mon épouse mesme,
Et trop d'heur me restoit, si le ciel n'eust permis,
Qu'elle eust intelligence auec mes ennemis,
Aux desseins du vainceur l'infame s'est sousmise,
Elle à de son honneur racheté sa franchise,
Et honteuse qu'elle est de mon ressentiment,
Peut-étre vend ma vie, en ce fatal moment.
Mais qu'on hait mon repos, mes plus cheres pensées,
Par ces gens importuns sont tousiours trauersées.

SCENE II.

CRATES, EVPHORBE, ANTIOCHE.

CRATES.

Nourrirés vous sans fin d'inutiles douleurs,
Et vous plaisés vous, Sire, à croistre vos
 malheurs !
Plus le sort contre vous exercera sa rage,
Plus contre ses assauts monstrés vostre courage ;
Et dequoy que Cæsar ayt droit de se vanter,
Faites paroistre vn bien qu'il ne vous peut oster ;
Proffités du malheur, & qu'au moins il signale,
Cette illustre vertu qu'aucune autre n'egale ;
C'est peu de voir vn monde asseruy sous ses loix,
Se vaincre est l'action la plus noble des Rois.

ANTIOCHE.

Ce titre m'est osté, par mon malheur extréme,
Et tousiours souspirer, est l'action que i'ayme ;
A mes tristes pensers laissés vn libre cours,
Et ne m'ennuyés point d'inutiles discours.

CRATES

CRATES.

Trouués vous des appas, en ces obiets funebres,
Quel crime ont faict vos yeux, pour chercher les te-
	nebres?
Pour s'esloigner des lieux où le soleil nous luit,
Et d'vn iour si serain faire vne obscure nuict.

ANTIOCHE.

Aux yeux d'vn malheureux vn lieu sombre a des
	charmes,
Là sans honte il leur peut eschapper quelques lar-
	mes;
Puis-ie sans desespoir, au point où ie me voy,
Exposer au soleil, celuy qu'il a veu Roy?
Mais que vous déplaisés à mon inquietude,
Adieu, si vous m'aimés, souffrés ma solitude.

EVPHORBE.

Quoy, Sire, voulés vous, en l'horreur de ces lieux,
Consommer vainement.

ANTIOCHE, en cholere.

                    O propos ennuyeux!
Icy, cruels, icy la desobeissance,
Me fait bien voir ma perte, & mon peu de puis-
	sance,

Ie ne vous semble pas ce qu'autrefois ie fus,
Et mon peu de credit, paroist en vos refus.
Et bien, faut-il ingrats, en ce point de misere
Faire aux commandements succeder la priere;
Voulés vous qu'à vos pieds ie reclame instamment,
La faueur que ie veux, d'estre seul vn moment?

*Se met-
ant à
genoux*

CRATES.

Sire, quand vostre sort, s'il se peut, seroit pire,
Sur nous vos volontés, n'auroient pas moins d'em-
   pire,
Et lisant dans nos cœurs, vous auriés imputé,
A nostre affection, nostre importunité;
Ie sorts, mais vous quittant, mon regret est extré-
   me
De vous voir, par dessein, vous affliger vous-mes-
   me.

SCENE III.

ANTIOCHE, seul.

ENfin, que resoudray-ie, en ce cruel estat,
Où la rigueur du sort reduit vn Potentat.
Lâche, dois-ie du temps attendre l'infamie,
De tomber sous le ioug de l'armee ennemie?
Et dans mon infortune, ay-ie si peu de cœur,
Que de vouloir seruir de trophée au vainceur?
Non, non, de mille affronts vne mort me deliure,
A qui tombe d'vn trône, il est honteux de viure
Cherchons vn court moyen de terminer mon sort,
Entre tant de chemins, qui meinent à la mort.
Vn sceptre m'est rauy, Crisante m'abandonne,
Au party le plus fort l'infidelle se donne,
Et consulte, enragée, auec cet estranger,
Peut estre, du dessein de venir m'égorger.
Et ie differerois la mort que ie souhaitte?
Ie laisserois agir leur pratique secrette;
Et pouuant détourner vn si honteux trépas,
Et mourir glorieux, ie ne le ferois pas?
Il faut, il faut franchir cette loy souueraine,
Qui dans le seul trépas mist la fin de ma peine;

Aussi bien, quand le iour me seroit conserué,
Qui me l'entretiendroit ? quel bien m'est reserué ?
Quelle possession, quel titre, quelle marque,
Me peut moins faire croire vn berger qu'vn Mo-
        narque ?
Quels si pauures Pasteurs, en leur necessité
Ne possedent encor, plus qu'il ne m'est resté ?
Sus, sus, qu'auec honneur, de l'vne, ou l'autre épée,
De ces deux que voicy, ma trame soit coupée,
Seruons nous, pour ce coup si long-temps differé
De celle dont le fer sera plus aceré ;
Cette lema est plus propre à seruir mon courage ;
Tous mes gens retirés m'en permettent l'vsage ;
Mais quelqu'vn entre, ô dieux ! cachons les prom-
        ptement
Et differons ce coup encore d'vn moment.

SCENE IV.

MARCIE, ANTIOCHE.

MARCIE.

Sire, la Reine implore vn moment d'audience,
Et souhaitte ce bien auec impatience.
L'honneur de vous parler luy sera-t'il permis?

ANTIOCHE, en cholere.

S'est elle concertée auec mes ennemis?
Ont ils à leurs desseins rangé cette perfide?
Vient-elle, à l'adultere adiouster l'homicide,
Ne luy suffit-il pas de l'infidelité?
Et faut-il que mon sang paye sa liberté?

MARCIE.

Dieux! qu'elle impression a vostre ame conceuë?
Que de faux sentiments, sans raison l'ont deceuë.
Sire, s'il m'est permis de parler librement,
Vous l'accusés à tort, & trop legerement;
Ie vis, helas! ie vis auec quelle insolence,
Caffie à son honneur fist cette violence?

Ie n'ay que trop cogneu son regret infiny,
Mais elle s'est vangée, & le traistre est puny.

ANTIOCHE.

Toy, par qui ma ruine est peut-estre conduite,
Tu ne viens que sçauante, & qu'amplement in-
　struite,
Et tu me feras d'elle vn si riche tableau,
Qu'il n'est sans doute obiet ny plus saint, ny plus
　beau?
Mais i'ay leu dans son ame, & sçay qu'elle pra-
　tique,
A moyen de me ioindre à la perte publique;
Qui fait vn crime, à l'autre aysement se resout,
Et qui vend son honneur est capable de tout.
Sorts si tu ne te hays, & que cette adultere,
N'expose pas ses iours à ma iuste cholere,
Dy luy que ie ne puis la souffrir, sans horreur,
Et fay luy pour son bien euiter ma fureur.
Quelle suiue Cassie;

SCENE DERNIERE.

ANTIOCHE, MARCIE, CRISANTE, CRATES, EVPHORBE.

CRISANTE, entre furieuse tenant la teste
de Caßie quelle iette aux pieds de son mary.
CRATES, & EVPHORBE, la suiuent.

CRISANTE.

H A! c'est trop me contraindre,
Si proche de la mort, ie n'ay plus rien à craindre.
Voy, Prince mal-heureux, voy de quels traite-
   mens,
Et de quelles faueurs, i'oblige mes Amants?
Voila, ce que tu creus, mon cœur, & mes delices,
De ses vœux maintenant croy mes desseins compli-
   ces;
Dy, que de mon honneur i'ay payé ma rançon.
Mais, il faut mieux encor effacer ton soupçon,
Ce coup resoudra mieux ta croyance incertaine;
Cruel voy la dedans si ma constance est vaine;
En vain apres le coup, tu me veux secourir,
Ne me reproche plus, que ie n'ose mourir.

MARCIE.

O mal-heur déplorable!

EVPHORBE.

O funeste aduanture!

CRATES.

O loy de leur destin, trop seuere, & trop dure!

ANTIOCHE, appuyé sur elle.

Furieux, enragé, desesperé, confus,
L'esprit, comme le corps, de sentiment perclus,
Ie m'ignore moy-mesme à ces obiets funebres,
Et mon œil s'obscurcit d'eternelles tenebres.

CRATES.

A quel point nous poursuit, la cruauté du sort!
Son œil se ferme, il meurt, ou plutost il est mort.
Monarque mal-heureux! Princesse infortunée!
Quel astre presidoit à vostre destinée!
Que presque en mesme iour elle vous ait osté,
La franchise, l'honneur, le sceptre, & la clarté.

MARCIE.

Ha qu'en ce mesme instant l'ame ne m'est rauie!
Qu'vne seuere loy me conserue la vie!

Cruelle

Cruelle de quel œil puis-ie voir leur trépas,
Sans faire que les plaindre, & ne les suiure pas?
Quel souffle des enfers, quel poison, quelle peste,
Fait de la cour d'vn Prince vn seiour si funeste?
Puisse perir Cæsar, & Rome, & son orgueil,
Et deuenir dans peu soy-mesme son cercueil.

EVPHORBE.

Sa foiblesse succombe au deuil qui le deuore,
Mais si i'en puis iuger ie croy qu'il vit encore,
Aydés moy seulement, son œil reuoit le iour.

ANTIOCHE, pleurant.

Quoy, desia des enfers mon ame est de retour,
Où ma seule foiblesse, auoit clos ma paupiere,
Ie ne t'ay pas suiuie, agreable meurtriere?
Quel crime, quels soupçons ay-ie conçeus à tort?
Par quel aueuglement ay-ie causé ta mort?
Le sang que tu répands auec tant d'abondance,
Suffisamment enfin prouue ton innocence;
Et par vn accident si contraire à mes vœux,
Ie cognois ta vertu, i'apprens ce que ie veux.
Atten, i'imiteray ta constance infinie,
Et ma credulité sera bien-tost punie.

Il dit à ses gens.

Souffrés que sur ce lict ie repose vn moment,

K

On le veut conduire, & luy les repouſſant, dit.

Ha! vous m'importunés, par ce ſoulagement.
Laiſſés retirés vous, adieu;

C R A T E S, ſe retirant.

l'obeys, Sire,

Le Roy ſe met ſur le lit, & ferme les rideaux.

C R A T E S, continuë.

Il luy faut accorder le repos qu'il deſire.
Mais ne le quittons point en cet excés d'ennuy,
Et pour ſa ſeureté deſſions nous de luy ;
Au point où la triſteſſe a ſon ame alterée,
Sa vie en ſon pouuoir ſeroit mal aſſeurée.

A N T I O C H E, ouurant le rideau ſort du lit,
tirant de ſon corps vne épée teinte de ſang,
& va tomber ſur le corps de Criſante.

Criſante, i'ay le prix de ma credulité,
De ce qui t'eſtoit deu, mon bras s'eſt acquitté;
Nos trauaux ſont finis, mourons, partons enſem-
ble
Et qu'vn meſme deſtin à iamais nous aſſemble.

EVPHORBE.

O comble de malheurs!

CRATES.

Puis-ie croire mes yeux?

ANTIOCHE.

Qu' Auguste maintenant triomphe de ces lieux,
Qu'il n'epargne fureur, force, ny violence,
Et que sans chastiment regne son insolence;
Nostre sort s'est soustraict à son ambition,
Crisante, sans danger est ma possession;
Là bas, d'aucun soucy l'esprit ne se consomme,
On s'y trouue à couuert des iniures de Rome,
On n'y releue point de l'Empire Latin,
Et Cæsar quelque iour aura mesme destin.
Le noir seiour des morts à ma priere s'ouure,
D'vne eternelle nuict ma paupiere se couure,
La Parque sur mes iours fait vn dernier effort;
Ie te suy chere epouse, atten moy, ie suis mort.

CRATES, pleurant.

Mon cœur reste immobile, & ma voix interdite,
Que du dernier deuoir quelqu'vn de vous m'ac-
    quitte,
Ie ne puis vn moment respirer en ces lieux,

Ny sur ce triste obiet porter encor les yeux.

Il s'en va pleurant.

MARCIE, pleurant.

O quel est mon mal-heur!

EVPHORBE.

Ma constance abatuë,

Pour accepter ce soing, vainement s'esuertuë,
Ie n'y puis arrester;

MARCIE.

Ie ne le puis aussi,

Enuoyons y quelqu'vn, qui prenne ce soucy.

F I N.

LA BELLE
LPHREDE
COMEDIE.

DE ROTROV.

A PARIS,

Chez Antoine de Sommaville, et Toussaint
Qvinet, au Palais, en la Gallerie des Merciers.

M. CD. XXXIX.

AVEC PRIVILEGE DV ROY.